B. LEBRETON ET SAINT-PAUL

Vingt-cinq minutes d'Arrêt !

VAUDEVILLE EN UN ACTE

Joué pour la première fois à Paris, le 24 décembre 1900

Au Concert Brunin

2 H. 2 F.

PARIS

C. JOUBERT, Éditeur, 25, Rue d'Hauteville

SOCIÉTÉ LYRIQUE

Anciennes Maisons BRANDUS & JOUBERT réunies

C. JOUBERT, Successeur

ÉDITEUR DE MUSIQUE

PARIS. — 25, Rue d'Hauteville, 25. — PARIS

RÉPERTOIRE

DES OUVRAGES DE CONCERT EN UN ACTE

ABRÉVIATIONS : D. Veut dire du répertoire de la Société Dramatique, 8, rue Hippolyte Lebas. — Le surplus appartient au répertoire de la Société Lyrique, 10, rue Chaptal.

LOC. Veut dire : La musique n'est qu'en location et ne se vend pas.

Opérettes et Vaudevilles de Concert

AUTEURS	TITRES DES ŒUVRES	Hommes.	Femm	Prix nets	AUTEURS	TITRES DES ŒUVRES	Hommes.	Femm	Prix nets
Saint-Maurice	Abricot (L') d	troupe	»	loc.	Lebreton-Moreau	Chasseurs Alpins (Les) d	6	6	loc.
B. Campmano	Absalon	2	1	6 »	Cieutat	Chaste Suzanne (La) d	troupe	»	4 »
Vallès-Garnier	Affaire Cœurdeveau (L')	5	1	loc.	Yvel	Chéri des Dames	troupe		loc.
F. Bernicat	Agence Rabourdin (L')	1	1	5 »	Dourel, Boydel, E. René	Chevalier Tric-Trac (Le)	2	8	loc.
Japy	A huitaine	troupe	»	5 »	Dourel-Roydel	Chez la Cor umière d	troupe	»	loc.
C. Roland	Aiguilleur (L') d	1	1	loc.	Meynard	Chez le dentiste	3	1	8 »
Bessière-Rutfier	Ami Vandière (L) d	7	6	loc.	Lhuillier	Chez les Corniquet	1	»	1 »
G. Street	Amour en livrée (L')	3	1	5 »	C. Rosenquest	Chicard et Bébé	1	1	4 »
Desormes	Amour et l'appétit (L')	1	1	4 »	Bomier	Chien et Chat d	4	1	5 »
Vallès-Garnier	Amour et sauvetage	3	2	loc.	Boulay-Layrice	Choc en retour d	2	2	loc.
A. Petit	Amoureux d'Yvonne (Les) d	5	3	loc.	Moreau-Gramet	Cinq contre un	3	3	loc.
V. Roger	Amour Quinze-Vingt (L')	3	1	4 »	Villebichot	Cirque Ponger's (Le)	troupe	»	6 »
Bottin, Boulay-Layrice	Amours d'un piston (Les)	3	2	loc.	Bessière	Clou (Le) d	2	2	loc.
Desormes	Antoine et Cléopâtre d	2	1	4 »	L. Collin	Coco Bel-Œil	3	1	6 »
Bessier-Moreau	Aphrodites (Les) d	4	8	loc.	A. Petit	Cocotte et chiffonnier	1	1	5 »
Dorfeuil-Moreau	Après la vie de Bohème d	troupe	»	loc.	Villemer-Delormel-Pericaud	Colosse de Rhodes (Le)	3	»	4 »
J. Emmecé	A qui le gosse ?	troupe	»	loc.	A. Petit	Confections pour dames	2	4	5 »
Monnery-Marien	Argot tel qu'on le parle (L)	5	3	loc.	Lebreton-Moreau	Conscrits bretons (Les) d	7	5	3 »
M. Chautagne	Arracheuse de dents (L')	2	1	4 »	L. Collin	Conscrit tyrolien (Le)	1	1	3 »
Dourel, Boydel, Desjardins	Artistes pour rire d	6	4	loc.	E. Brasseur	Constat d'adultère	6	3	loc.
Géraldy	Ascension du Mont-Blanc (L')	1	1	4 »	Lebreton-Moreau	Contrôleur des Wagons-Bars (Le)	5	3	loc.
L. Martin-Dubem	Auberge du Tambour battant (L')	2	2	loc.	Lebreton-Moreau	Cote et Cocottes	4	4	3 »
Oudot-de Gorsse	Au Chat qui pelote d	troupe	»	loc.	De Roze et d'Arsay	Culotte du marié (scène) (La)	1	»	1 »
Banès	Au Coq huppé	3	2	5 »	Lebreton-Moreau	Dans cent ans d	troupe	»	loc.
Uzès	Au soleil d'or d	3	2	6 »	Sourilas	Dégrafée d	3	3	5 »
Lebreton-Moreau	Au temps des cerises d	5	3	loc.	Marc Sonal-Pierre Laurey	Départ du régiment (Le) d	5	10	loc.
Guérineau	Auteur par amour	1	2	5 »	L. Lefèvre	Dernier verre (Le)	2	1	4 »
Lebreton-Moreau	Autour d'une guérite d	3	2	loc.	F. Barbier	Deux amours de chandeliers	1	1	5 »
Henry Moreau	Avant le bal	1	1	3 »	F. Matz	Deux avares (Les) d	2	1	8 »
Salvayre, Garvalale, Combret	Baba Bouzouck d	5	6	loc.	Ch. Hubans	Deux coqs vivaient en paix	2	1	6 »
Deransart	Baigneur et nageuse	1	1	3 »	F. Gracia	Deux estafiers (Les)	2	»	2 »
Antigeon, Dourel-Roydel	Baigneuses de Cocotteville (Les)	5	9	loc.	M. Chautagne	Deux muses (Les)	2	»	4 »
Leserre	Barbe-Bleue	1	»	2 »	F. Barbier	Deux parfaits notaires (Les)	2	»	4 »
Ratcée-Tranchant	Bataillon Desroches (Le) d	10	10	loc.	Hervé-Lecocq	Deux portières pour un cordon d	3	»	4 »
Antigeon-Desplan	Battage (Le)	2	1	loc.	Moreau-Boucherat	Diable au Moulin (Le)	4	8	loc.
A. Moyne	Béguin d	2	1	loc.	Gramet-Talbert	Doigt coupé (Le)	troupe	»	loc.
Moreau-Touzé	Belle-mère, nouveau jeu	1	3	loc.	Léon Laroche	Domestique pour rire (Un)	1	1	4 »
Wachs	Bibi ou l'Enfant de l'Amour	1	1	4 »	Saint-Maurice	Doubles Vierges (Les) d	troupe	»	loc.
Moreau-Gramet	Bougnol et Bougnol	4	2	loc.	Sourilas	Drapeau jaune (Le) d	4	2	4 »
Villebichot	Boum ! Servez chaud	3	2	4 »	Bouvet-Serry	Dupont et Dupont	4	3	loc.
Hubans	Brelan de bègues	2	1	5 »	Bottin, Boulay-Layrice	Durifiard	5	2	loc.
F. Bernicat	Cadets de Gascogne	troupe		7 »	J. Demerc	École buissonnière (L')	3	»	3 »
Banès	Cadiguette (La)	1	1	5 »	Yver-Septmons	Eh ! Ohé ! Ladrupette ! d	2	»	loc.
Javelot	Calino amoureux	2	1	3 »	Treblas-Croisier	Elle ! d	4	1	loc.
Chevalet-Audray	Canne d'un grand homme (La) d	2	2	loc.	Ed. Lhuillier	Elle débute ce soir	1	1	4 »
Lebreton-Moreau	Ça porte bonheur	5	3	loc.	Delaruelle	El senor Pifardino	1	1	6 »
V. Herpin	Capricorne (Le)	troupe	»	loc.	Marsay	En colonne d	troupe	»	loc.
F. Barbier	Carmagnole (La)	3	3	5 »	Lebreton-Moreau	Enfant des balles (L') d	3	2	loc.
Lebreton-Moreau	Carnaval conjugal (Le) d	9	9	loc.	Jallais Hubans	Enlèvement des Sabines (L')	troupe	»	loc.
Antigeon-Desplan	Cascadin et Cie	6	5	loc.	Guillemand-de Marsan	Enfants d'Édouard (Les) d	2	3	loc.
Hubans, Calvayre, Tranchant	Ce pauvre Pobinet	2	1	loc.	Lebreton-Duroc	Enragés d	4	4	loc.
Chelu	Chambre à louer	1	1	2 »	Villebichot	Entre deux jardins	1	1	4
Cuvillier	Chambre à part d	4	2	loc.	Lebreton-Duroc	Entresol d'Eugène d	4	6	loc.
Henry Moreau	Chambre de bonne d	3	2	loc.	Garnier-Vallès	Erreur de Bridouille (L')	3	2	loc.
V. Roger	Chanson des Écus (La)	3	1	4 »	Panès	Escargot (L')	2	3	8 »
P. Henrion	Chanteuse par amour (La) d	»	1	6 »	A. Pajol	Esprits d'Argenteuil (Les)	5	2	loc.
E. André	Chaos (Le)	1	1	4 »	D. Dihau	Éternel roman (L')	1	1	4
Moreau-Boucherat	Chasse royale d	troupe	»	loc.	Garnier-Vallès	Exploits de Malichard (Les)		4	loc.

B. LEBRETON ET SAINT-PAUL

Vingt-cinq minutes d'Arrêt !

VAUDEVILLE EN UN ACTE

Joué pour la première fois à Paris, le 24 décembre 1900

Au Concert Brunin

2 H. 2 F.

PARIS

C. JOUBERT, Éditeur, 25, Rue d'Hauteville

SOCIÉTÉ LYRIQUE

RÉPERTOIRE B. LEBRETON

Pièces en un Acte

Chez M. JOUBERT, Éditeur, 25, rue d'Hauteville, 25, PARIS

A LA SOCIÉTÉ DRAMATIQUE

Agence PELLERIN, 8, rue Hippolyte-Lebas.

Les Joies du Divorce..		6 h.	7 f.
Gueule d'Or		6 —	6 —
Enragés	(avec J. Duroc)	4 —	4 —
Soir de Noce..................		4 —	4 —
L'Entresol d'Eugène...........		4 —	6 —
Faut que j'casse la g... à Baptiste.		5 —	2 —
Hôtel d'Artistes..........		6 —	6 —
L'Hôtel de Noblepanne.........		4 —	4 —
L'Enfant des Halles	(avec H. Moreau)	3 —	2 —
Autour d'une guérite.....	—	3 —	2 —
Trio de troupiers.........	—	5 —	2 —
Les Farces du printemps..	—	5 —	3 —
Les Volontaires de 92	—	4 —	2 —
Friquet..................	—	7 —	5 —
Les Chasseurs alpins.....	—	6 —	6 —
Les Treize jours d'un Parisien	—	8 —	6 —
Les Amoureux d'Yvonne.	—	4 —	2 —
Miss Kissmy............	—	5 —	3 —
Au Temps des Cerises ...	—	5 —	3 —
La Petite Colonelle... ...	—	7 —	3 —
Nos Voisins	—	6 —	6 —
Dans cent ans............	—	11 —	11 —
Carnaval conjugal........	—	9 —	9 —
La Fille du Marin	—	8 —	7 —
Les Trois Maçons........	—	4 —	2 —
L'Héritière des Carapattas	—	8 —	8 —
Les Jocrisses du mariage	—	6 —	6 —
Les Conscrits bretons....	—	7 —	5 —
Monsieur Sans-Gêne	—	6 —	6 —
Le 13e Spahis	—	8 —	9 —
Les Petites Ménichon....	—	8 —	10 —
Le Fils à Papa	—	4 —	6 —
Les Vierges du Chahut ..	—	5 —	10 —
La Petite Baronne	—	6 —	9 —
Le Signe de Léda.......	—	8 —	8 —
Par la Gymnastique	(avec A. Lambert)	2 —	2 —
Terre-Neuve.	(avec A. Lambert).	4 h.	4 f.
La Grenouille.	(avec E. Blairat).	4 —	2 —
Une Consultation	—	4 —	3 —
L'Homme pâle............	—	4 —	2 —
Ninie la Rouquine........	—	5 —	3 —
Les Filles de la Cantinière	(E. Sondant)	7 —	4 —
J'épouse ma bonne........	—	5 —	4 —
La Foire aux nichons.	(avec Talber)	7 —	7 —
La Frangine.....	(avec Beissier)	7 —	6 —
Nos Marsouins.	—	6 —	4 —

A LA SOCIÉTÉ LYRIQUE

Agence générale SOUCHON, 10, rue Chaptal.

Un Mauvais Conscrit	(avec Henry Moreau)	1 —	1 —
Les Noces d'or...........	—	2 —	1 —
Cote et Cocottes..........	—	4 —	4 —
La Vocation d'Isoline	—	1 —	2 —
Le Frère de lait	—	1 —	2 —
Nourrices et Troubades ..	—	4 —	4 —
Soldat..................	—	5 —	5 —
Les Petits Zouzous.......	—	8 —	8 —
Le Contrôleur des Wagons-Bars		5 —	3 —
Ça porte bonheur !......	—	5 —	3 —
Les Trois Gosses	(avec de Téramond)	4 —	4 —
Le Serment du marin	(avec E. Sondant)	4 —	2 —
Le Truc du Pharmacien	(A. Lambert)	4 —	1 —
Gontran se marie	(avec Saint-Paul)	3 —	2 —
La Belle-Mère est sans pitié. .		2 —	2 —
Vingt-cinq minutes d'arrêt . .		2 —	2 —
Une Rosserie.	—	2 —	2 —
Le Piston de Clémentine	(avec Beissier)	3 —	2 —

Nous rappelons à MM. les Directeurs qu'ils peuvent jouer indifféremment les pièces de l'une ou de l'autre société, en ne payant les droits d'auteurs qu'à la Société où la pièce a été déclarée.

VINGT-CINQ MINUTES D'ARRÊT !

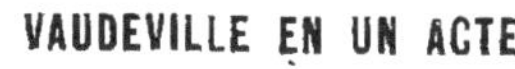

VAUDEVILLE EN UN ACTE

PAR

LEBRETON & SAINT-PAUL

DISTRIBUTION

ALDOLPHE, garçon de restaurant	MM. BRUNIM, fils.
BADÉGOUT	DARVILLE.
Mme CARPETTE.	Mmes Z. SIVALDI.
Mme RAINFORT.	WILLIS.

La scène se passe au buffet, dans une gare de chemin de fer, après minuit.

NOTA. — La mise en scène est écrite sur cette brochure, au besoin, on peut jouer avec une seule entrée à droite.

Le buffet de la gare, une entrée à droite et à gauche, au fond, la caisse avec étagère. Le tout recouvert d'une nappe et chargé d'assiettes avec : saucissons, jambons, poulets, terrines de paté, boîtes de conserves, et un morceau de veau et de rosbeaf. — A droite et à gauche, des petites tables de restaurant avec le couvert mis. — Au fond, au-dessus de la caisse, très visiblement écrit « repas à 1 franc 50 ».

SCÈNE PREMIÈRE

Mme Carpette, Adolphe.

(*Tous deux dorment sur des chaises... On entend un grand bruit de cloche, et une voix crie « messieurs les voyageurs en voiture, en voiture.* »

Mme CARPETTE, *à la caisse, s'éveillant brusquement.*

Hein ?.. Quoi ?.. Qu'est-ce que c'est ?..

ADOLPHE, *à une table à droite, même jeu.*

L'addition ?.. voilà ? voilà !

Mme CARPETTE

Qui est-ce qui vous parle de l'addition ! vous êtes fou ! vous dormiez donc ?

ADOLPHE, *se levant.*

Non, madame !

Mme CARPETTE

Que faisiez-vous alors ?

ADOLPHE

Madame le sait bien puisque je l'aidais !

Mme CARPETTE

C'est bon, c'est bon... vous savez ce qu'on a sonné ?

ADOLPHE, *regardant sa montre.*

C'est l'express de minuit 20 qui s'en va.

Mme CARPETTE

Et personne, pas un client n'est venu !

ADOLPHE, *allant à gauche ranger un couvert.*

Aussi quelle drôle d'idée de rester ouvert la nuit !

Mme CARPETTE

Il faut bien essayer de faire un peu de recettes... ce n'est pas celle d'aujourd'hui qui me donnera des rentes.

ADOLPHE, *se retournant.*

Le fait est qu'en voilà une sale gare ! que ce soit le jour ou la nuit ! il n'y a pas plus de monde pour ça !

Mme Carpette

Vous êtes si aimable avec les clients !

Adolphe, *allant à la caisse, à gauche.*

Je ferai remarquer à Madame que je n'ai pas à être aimable avec les clients vu qu'il n'y en a pas ! Et qu'en suite c'est mon premier jour de service ici... par conséquent Madame n'a pas encore pu juger de mon amabilité.

Mme Carpette

C'est bon ; heureusement que nous avons un express à une heure qui a vingt-cinq minutes d'arrêt ! espérons !

Adolphe

Oui, espérons... de serviette...

Mme Carpette

Qu'est-ce que vous dites ?

Adolphe

Je dis... espé-rons de serviette !

Mme Carpette, *le regardant ébahie.*

Rond... de serviette... comprends pas Tenez en fait de rond de serviette... je vais vous expliquer le menu du souper. *(Elle quitte la caisse.)*

Adolphe

Bien Madame...

Mme Carpette, *montrant chaque plat.**

Pour ces plats, ça va bien... voici le jambon... le saucisson... le poulet. .et cœtera.. *(Montrant le rosbeaf)* Voici le sert-à tout.

Adolphe

Le rosbeaf ?

Mme Carpette

Oui, vous le servez suivant ce qu'on demande, rosbeaf froid... au jus... filet madère... faux filets... châteaubriant... vous comprenez ?

Adolphe

Oui, oui, Madame.

Mme Carpette, *montrant le veau.*

Puis, voilà le veau, pour faire du thon.

Adolphe

Oh ! Madame, je sais .. on coupe une tranche en travers du fil de la viande... et on arrose avec l'huile des sardines !

**Adolphe 1, Mme Carpette 2.*

Mme Carpette

Vous y êtes !

Adolphe

Je vois « le genre de la maison »... le tout c'est de s'y mettre... vous verrez si je sais y faire !... qu'il vienne seulement un client.

Mme Carpette

Oh ! oui, qu'il vienne un client !

Adolphe

D'abord moi, j'ai la bosse du commerce.. Ah ! si ma femme avait été comme moi !

Mme Carpette

Vous avez été marié ?

Adolphe

Oui, et je le suis encore.

Mme Carpette

Ah ! et où est votre femme ?

Adolphe

Je n'en sais rien, voilà huit ans que je l'ai plaquée !

Mme Carpette, *retournant à la caisse.*

Tiens, c'est ce que j'ai fait de mon mari !

Adolphe

Comme ça se trouve... et encore... quand je dis « je l'ai plaquée » je ne me souviens pas très exactement si c'est moi, ou elle qui m'a plaqué !

Mme Carpette

C'est comme moi... du reste, ça n'a pas d'importance !

Adolphe

Vous n'avez pas de nouvelles de votre mari?

Mme Carpette

Pas, depuis dix ans. *(On entend un bruit de cloche.)* Ah ! voilà l'express d'une heure.

Adolphe

Faut espérer que nous allons avoir une victime !

Mme Carpette

Regardez si on vient.

Adolphe

Oui, attendez ! *(Il va à la porte de droite.)*

Mme CARPETTE

Voyez-vous quelqu'un?

ADOLPHE

Non, personne.

Mme CARPETTE

Ah ! C'est la guigne noire !

ADOLPHE, *criant.*

Ah !

Mme CARPETTE

Quoi? du monde?

ADOLPHE, *avec joie.*

Oui, un monsieur.

Mme CARPETTE

Il vient?

ADOLPHE, *changeant de ton.*

Non, il va au water-closet !

Mme CARPETTE, *avec un soupir.*

Ils font plus d'affaires que moi dans cet établissement-là !

ADOLPHE

Ah ! cette fois, voici un voyageur !

Mme CARPETTE

Qui se dirige de ce côté?

ADOLPHE, *joyeux.*

Oui, oui, ça y est, en voilà un.

Mme CARPETTE

Attention à la manœuvre.

ADOLPHE

Soyez tranquille ! *(Il va à gauche et range les chaises.)*

SCÈNE II

LES MÊMES, **Badégout.**

BADÉGOUT, *sur le seuil de la porte. Il a de faux favoris.*

C'est ici le buffet?

ADOLPHE, *retournant et allant à lui, obséquieux.*

Oui, monsieur, le buffet où l'on mange.

BADÉGOUT, *riant.*

Et où l'on boit?

ADOLPHE

Certainement, monsieur, certainement !

BADÉGOUT

Il n'y a pas foule chez vous !

Mme CARPETTE, *souriant.*

Naturellement. A cette heure-ci ! mais au dernier train, avant le vôtre, on ne savait où donner de la tête... n'est-ce pas, Adolphe.

ADOLPHE

Oh ! oui, Madame... c'est vrai.

Mme CARPETTE

Adolphe ! débarrassez donc Monsieur.

ADOLPHE, *le débarrassant.*

Qu'est-ce que je vais servir à Monsieur?*

BADÉGOUT, *s'asseyant devant un couvert, à droite.*

D'abord, dites-moi, vous n'avez pas vu une femme, ici, tout-à-l'heure?

ADOLPHE

Oh ! il y en avait beaucoup !

Mme CARPETTE

Tellement, qu'on ne savait où donner de la tête !

BADÉGOUT

Ah ! diable !

ADOLPHE

Une femme, comment? Monsieur.

BADÉGOUT

Je n'en sais rien !

ADOLPHE, *avec aplomb.*

Non, je n'ai pas vu.

BADÉGOUT

C'est embêtant, j'ai un rendez-vous.

ADOLPHE

Ah ! c'est différent !

BADÉGOUT

Quand y a-t-il un train qui vient de Chapouilleu.

* *Mme Carpette 1, Adolphe 2, Badégout 3.*

Mme CARPETTE

Dans un quart d'heure.

BADÉGOUT

Espérons qu'elle sera dans celui-là. . sinon, je reprendrai le train et j'irai à Chapouilleu *(A Adolphe)* Servez-moi donc.

ADOLPHE

J'attends les ordres de Monsieur.

BADÉGOUT

Servez-moi le repas à un franc cinquante.

ADOLPHE

Bien, Monsieur. *(Il range le couvert et essuie le verre).*

BADÉGOUT

Oui, j'ai un rendez-vous... c'est toute une histoire ce rendez-vous.

ADOLPHE

Une bouteille de bordeaux vieux ?

BADÉGOUT, *distraitement.*

Si vous voulez. *(Continuant)* Figurez-vous que, étant célibataire, car je suis célibataire, je fais des farces... n'est-ce pas, je suis libre! j'en profite :

Mme CARPETTE

Certainement, monsieur !

BADÉGOUT

Alors, j'ai fait publier dans le journal, la note suivante. *(Il ouvre le journal.)*

ADOLPHE, *apportant la bouteille de vin.*

Monsieur mangera des sardines... saucisson... anchois... thon ?

BADÉGOUT, *agacé.*

Oui, oui, donnez-moi du thon !

ADOLPHE

Bien, monsieur. *(Il échange un coup d'œil avec Mme Carpette)* Madame, du thon.

BADÉGOUT, *continuant.*

Voyons, c'est par ici. Ah ! voilà. *(Lisant)* « Un monsieur, ayant belle situation, jeune de cœur, très aimant... désirerait entrer en relations avec dame idem. Rien des agences ».

ADOLPHE, *apportant une tranche de veau.*

Tiens, mais c'est une bonne idée, cela.

BADÉGOUT, *mangeant.*

Je crois bien et si vous saviez toutes les lettres que j'ai reçues ! jamais je n'aurais crû qu'il pouvait y avoir autant de femmes qui désireraient entrer en relations avec un homme très aimant... *(Il rit.)*

Mme CARPETTE

Le fait est que vraiment, oser répondre à une demande semblable !

BADÉGOUT

Eh bien, madame, vous me croirez, si vous voulez, j'ai reçu plus de cent lettres !

ADOLPHE

Il faut que ce soit monsieur qui le dise pour que je le croie !

BADÉGOUT, *changeant de ton.*

Ah ! c'est curieux.

TOUS, *inquiets.*

Quoi donc, monsieur.

BADÉGOUT

Quel singulier poisson que le thon.

ADOLPHE

Ah ! oui, monsieur, c'est un bien drôle de poisson, c'est ce que tout le monde dit.

BADÉGOUT

Chaque fois que j'en mange, je me fais la même réflexion.

Mme CARPETTE

Quelle réflexion ?

BADÉGOUT

C'est curieux. On dirait que l'on mange du veau !

ADOLPHE

Oui, c'est vrai ! ce poisson-là, on dirait du veau !

BADÉGOUT

Mais, quel drôle de poisson !.. voyons, qu'est-ce que je disais donc,.. où en étais-je ?

Mme CARPETTE

Vous avez reçu plus de cent lettres !

BADÉGOUT

Oui, madame, plus de cent lettres... et des photographies dans tous les costumes.

Mme Carpette, *avec pudeur.*

Oh !

Badégout

Il y en avait même sans costume !

Mme Carpette

Quel toupet d'envoyer sa photographie comme cela !

Badégout

J'ai reçu des lettres en anglais... en espagnol... des lettres de dames veuves... mariées... des lettres de jeunes filles même !

Adolphe

De jeunes filles !

Badégout

Parfaitement, de jeunes filles, mais celles-là je les ai tout de suite mises de côté... je laisse ça à d'autres; en amour, j'aime bien les éducations toutes faites... aussi j'ai fixé mon choix sur la femme qui m'a semblé... d'après sa lettre... sa photo et ses descriptions, la femme la plus savante dans l'art de cascader!

Adolphe

Tiens, tiens !

Badégout

Oui, mais c'est que c'était difficile de choisir dans un tas pareil... pensez donc... cent lettres !.. j'ai d'abord classé les lettres par ordre de polissonneries. (*Il rit.*)

Adolphe, *prenant l'assiette vide de Badégout.*

Et après cela, monsieur?

Badégout

Hé ! après cela ! j'ai classé les photographies par ordre de beautés physiques.

Adolphe, *riant.*

Oh ! je demande pardon à Monsieur !... je voulais dire : après cela... qu'est-ce que monsieur va manger ?

Badégout, *riant.*

Ah ! ah ! bon... ce que vous voudrez. (*Désignant du doigt une assiette sur l'étagère*) Qu'est-ce que c'est que cela ?

Adolphe

Cela, c'est du veau, monsieur.

Badégout, *négligemment.*

Eh bien, donnez-moi du veau.

Adolphe, *criant.*

Un veau... un !

Badégout, *continuant.*

Oui, j'ai classé le tout et après j'ai fait un tri dans le tout...

Mme Carpette, *bas à Adolphe.*

Coupez-le dans l'autre sens.

Adolphe, *bas.*

Laissez-moi faire.

Badégout

Ah ! vous savez, ça a été long... parce que le choix était difficile... il y en avait de si gentilles ! des descriptions si croustillantes !

Adolphe, *apportant l'assiette.*

Voilà monsieur.

Mme Carpette

Qu'est-ce qu'on a donc osé vous écrire ?

Badégout

Tout !... surtout celle à qui j'ai donné rendez-vous ici... Oh ! celle-là ! « Je suis bien gentille... je possède... ici... une chose... comme cela... je sais faire ceci... et cela... etc... etc...

Mme Carpette

Oh ! par exemple !

Adolphe

C'est épatant !

Badégout

C'est comme cela, aussi je crois que je ne m'embêterai pas !

Adolphe

Allons, tant mieux... Monsieur, à moins que la dame en question ne vienne pas au rendez-vous.

Badégout

Dans combien de temps le train ?

Adolphe

Dans cinq minutes.

Badégout

Eh bien, je suis sûr que dans cinq minutes elle sera là !

Adolphe

Allons, tant mieux. (*Un temps.*)

BADÉGOUT, *changeant de ton.*

C'est curieux.

TOUS, *inquiets.*

Quoi donc, Monsieur?

BADÉGOUT

C'est étonnant ce que ce veau sent le thon !

ADOLPHE

C'est que Monsieur a encore le goût du thon dans la bouche.

BADÉGOUT

C'est bizarre... vous m'auriez servi ceci pour du thon et vous m'auriez servi le thon pour du veau que cela m'aurait semblé la même chose.

ADOLPHE

Oh ! Monsieur ne s'y serait pas trompé.. Monsieur est un gourmet.

BADÉGOUT, *flatté.*

Certainement...certainement...mais enfin... (*Mangeant*) c'est curieux... vous pourrez en faire l'essai... vous verrez... on s'y tromperait.

Mme CARPETTE, *riant.*

C'est bien possible !

BADÉGOUT

Dam ! il y a des gens si bêtes !

Mme CARPETTE, *se tordant de rire.*

Oh ! pour sûr, (*à part*) non j'aime mieux m'en aller... je rirai à mon aise. (*Elle sort à gauche.*

SCÈNE III

Aldolphe, Badégout.

BADÉGOUT

Là, maintenant... un peu de dessert... un bon café avec une fine.

ADOLPHE

Oui, monsieur.

BADÉGOUT

Et tout à l'heure, nous serons prêt pour l'amour à moins que...

ADOLPHE

A moins qu'elle ne vienne pas !

BADÉGOUT

Non, ce n'est pas ce que j'ai voulu dire ! A moins que la dame qui va venir ne réponde pas à l'idée que je m'en suis faite.

ADOLPHE

Ah ! oui, alors dans ce cas-là ?

BADÉGOUT

Je la laisse pour compte !

ADOLPHE

Elle ne se laissera peut-être pas faire.

BADÉGOUT

Oh ! j'ai prévu le cas !.. je lui ai envoyé ma photographie en lui disant qu'avec cela elle me reconnaîtra facilement, et je suis venu avec de faux favoris, voyez. *(Il les enlève.)*

ADOLPHE

Ah ! ce n'est pas bête !

BADÉGOUT, *les remettant.*

De cette façon vous comprenez ?...

ADOLPHE

Parfaitement, monsieur... vous allez laisser venir la dame... si elle est mouche... vous reprenez le train... si elle est chouette, vous retirez vos favoris et vous vous précipitez à ses pieds !

BADÉGOUT

En attendant, je ne sais pas si c'est le thon ou le veau... mais ça ne va pas !

ADOLPHE

Oh ! sûrement ce n'est pas le thon, monsieur... c'est le veau.. vous savez que c'est très rafraîchissant.

BADÉGOUT

Oui, je sais... mais le thon... vous savez dans les boîtes de conserves... ça arrive souvent...

ADOLPHE

Oh ! non, monsieur, ce n'est pas le thon, j'en suis sûr !

BADÉGOUT

Ça ne m'étonnerait pourtant pas... parce que je me souviens, que, quand j'en mange, ça a des effets désastreux... indiquez-moi donc.

ADOLPHE

Oui, monsieur. *(Il va à la porte de droite.)* Tenez, monsieur, là-bas, sur le quai, à gauche.

BADÉGOUT

Oui, je vois, merci. *(Il sort vivement à droite.)*

SCÈNE IV

Adolphe, Mme Carpette.

ADOLPHE, *seul, redescendant.*

Ça, c'est un comble ! Il a la colique et il est certain que c'est le thon qui en est la cause. *(Il rit, on entend un bruit de cloche)*

Mme CARPETTE, *entrant de gauche.*

Ah ! voilà le train d'une heure et quart.

ADOLPHE

Ah ! celui-là, il ne faut pas espérer de client, il n'y a pas d'arrêt.

Mme CARPETTE

Je sais bien... mais, la dame du rendez-vous.

ADOLPHE, *courant à la porte de droite.*

C'est vrai, je n'y pensais pas... c'est par ce train-là ! Il me tarde de la voir ! une femme qui envoie au premier venu son portrait en Eve, et une lettre émoustillante !

Mme CARPETTE

N'ayez pas l'air d'attendre à la porte... ça pourrait la gêner.

ADOLPHE

La voilà ! *(Il redescend... prend une assiette qu'il essuie vivement).*

SCÈNE V

Les Mêmes, Mme Rainfort.

Mme RAINFORT, *entrant de droite.*

Madame. *(Elle va s'asseoir à une table à gauche, sort un nécessaire... se poudre et arrange ses cheveux).*

Mme CARPETTE*

Bonsoir, Madame.

---

* *Mme Rainfort 1, Mme Carpette 2, Adolphe 3.*

ADOLPHE, *se retournant.*

Madame. *(Il laisse tomber son assiette)* Ma... ma...

Mme CARPETTE, *à Adolphe.*

Qu'est-ce qui vous prend ?

ADOLPHE, *bas à Mme Carpette.*

C'est ma femme...

Mme CARPETTE

Ah ! elle est bonne ! et elle ne vous a pas reconnu ?

ADOLPHE, *troublé.*

Ça n'a rien d'étonnant... quand nous étions en ménage... nous tenions un restaurant... Alors j'avais des cotelettes...

Mme CARPETTE

Naturellement... dans un restaurant.

ADOLPHE

Mais non... des cotelettes... sur la figure.

Mme CARPETTE

Des cotelettes sur la figure, en voilà une idée !

ADOLPHE

Ah ! vous ne comprenez pas... je portais ma barbe taillée en cotelettes.

Mme CARPETTE

Ah ! des favoris ! je me disais aussi : quelle idée bizarre de s'en aller avec des cotelettes sur la figure.

ADOLPHE

Ah ! la gueuse ! C'est elle qui envoie son portrait dans un costume aussi décolleté !

Mme CARPETTE

Qu'est-ce que ça peut vous faire après huit ans !

ADOLPHE

C'est vrai, au fait, qu'est-ce que ça peut me faire !

Mme RAINFORT

Garçon !... *(Un temps)* Garçon !

Mme CARPETTE

Eh bien, allez donc, Adolphe.

ADOLPHE, *à part.*

Ah ! c'est vrai, il faut !...

Mme Rainfort, *riant.*

Ah ! il s'appelle Adolphe ! Ça ne m'étonne pas qu'il soit si gourde ! j'en ai connu un dans le temps qui lui ressemblait un peu !

Adolphe*

Madame veut prendre quelque chose ?

Mme Rainfort

Comment ! si je veux prendre quelque chose ? En voilà une question !... pour sûr que je veux prendre quelque chose ! Et du bon, parce que ce n'est pas moi qui casquerai... mais d'abord, j'ai besoin que tu me donnes quelques renseignements.

Adolphe, *à part.*

Elle me tutoie !

Mme Rainfort

Dis-donc « Adolphe ». (*Riant*) Ah ! c'est rigolo... Adolphe ! ce que ça me rappelle de choses !

Mme Carpette

Vous avez connu un Adolphe ?

Mme Rainfort

Je te crois, ma chère !

Adolphe, *à part.*

Elle va bien mon ancienne femme !

Mme Rainfort

C'était mon mari... il y a huit ans de cela ! (*A Adolphe*) Ma foi, il te ressemblait !... C'est épatant ! t'aurais de la barbe... ça y serait !

Mme Carpette

Alors, depuis huit ans ?

Mme Rainfort

Je ne sais pas où il est... je l'ai plaqué !

Mme Carpette

Ah ! c'est vous qui..

Adolphe, *à part.*

Tiens, je croyais que c'était moi !

Mme Rainfort, *à Adolphe.*

Mais ce n'est pas tout ça, tu vas me donner un tuyau.

Mme Carpette, *à part.*

Quel langage.

* *Mme Rainfort 1, Adolphe 2, Mme Carpette 3 à la caisse.*

Adolphe

Un tuyau ?

Mme Rainfort, *montrant une photographie.*

Oui, t'as pas vu cette poire-là ici ?

Adolphe, *à part.*

La photographie du bonhomme au thon. (*Haut*) non, je n'ai pas vu.

Mme Rainfort

Tu sais, pas de fumisteries ! si tu es gentil, il y aura cent sous pour toi !

Adolphe, *à part.*

Et dire que c'est ma femme, je fais un joli métier !

Mme Rainfort

Sans blague, t'as pas vu ça ? (*Désignan couvert à côté*) Tiens, il y a quelqu'un là ?

Mme Carpette

Oh ! oui, Madame, il y a...

Adolphe, *bas et vite.*

Taisez-vous donc. (*Haut*) Non, non, ce n'est pas ça ! Il y a la-un voyageur, mais ce n'est pas celui du portrait. Du reste, vous le verrez bien.

Mme Rainfort

Est-ce qu'il me poserait un lapin ?

Adolphe, *abruti.*

Qu'est-ce que vous dites ?

Mme Rainfort, *criant.*

Un lapin !

Adolphe, *de plus en plus abruti.*

Non non, nous n'en avons pas pour le souper !

Mme Rainfort, *riant.*

Ah ! quelle moule ! il ne sait pas ce que c'est que poser un lapin !

Adolphe

Permettez... je...

Mme Rainfort

Ah ! ferme... et donne-moi un verre de madère, en attendant !

Adolphe

Oui, Madame... (*A part*) Et je ne peux rien dire !

SCÈNE VI

LES MÊMES, Badégout.

BADÉGOUT, *entrant de droite, à part.*

J'ai entendu le train de Chapouilleu... ma belle inconnue doit être arrivée... (*Regardant autour de lui*) Ah, oui, la voilà, voyons que je l'examine (*Il reprend sa place.*)

ADOLPHE, *à Badégout.*

Vous avez trouvé..? je vous ai attendu pour servir votre café.

BADÉGOUT

Vous avez bien fait... allez-y.

ADOLPHE, *servant le café.*

Voilà, monsieur.

BADÉGOUT, *bas à Adolphe.*

Dites donc... elle est là !

ADOLPHE

Elle est là ?.. qui ça ?

BADÉGOUT

Ma belle du rendez-vous.

ADOLPHE

Ah ! c'est celle-là votre...

BADÉGOUT

Oui, c'est bien le portrait... comment la trouvez-vous ?

ADOLPHE

Heu ! heu !...

BADÉGOUT

Moi, je la trouve épatante... c'est absolument l'idée que je m'en étais faite... Son portrait est absolument ressemblant et si le restant promis dans sa lettre est exact aussi, je crois que je passerai d'agréables instants !

ADOLPHE, *à part.*

Et dire que c'est ma femme !

BADÉGOUT, *à part.*

Aussi, je suis décidé, je vais me faire reconnaître.

Mme Rainfort 1, Mme Carpette 2, (à la caisse), Adolphe 3, Badégout 4.

Mme RAINFORT, *regardant Badégout.*

Qu'est-ce qu'il a donc à me reluquer ce birbe là !... Oh ! une idée ! Si l'autre me pose un lapin ! c'est celui-là qui paiera les frais.

BADÉGOUT, *à Adolphe.*

Vous avez l'air tout chose depuis que je vous ai dit que c'était la femme du rendez-vous.

ADOLPHE

Moi, monsieur, pas du tout.

BADÉGOUT

Mais si, je vois bien... est-ce que vous la connaissez ?

ADOLPHE

Si je la connais... je crois bien !

BADÉGOUT, *étonné.*

Pas possible !

ADOLPHE, *à part.*

Sapristi... qu'est-ce que j'ai fait !

BADÉGOUT

Enfin, la connaissez-vous... oui ou non ?

ADOLPHE

Mais tout le monde la connait ici, elle est même très surveillée.

BADÉGOUT

Très surveillée ?

ADOLPHE

Oui, monsieur... par sa famille.

BADÉGOUT

Par sa famille ?.. je ne comprends pas...

ADOLPHE

Cette femme-là monsieur, c'est...

BADÉGOUT

C'est ?

ADOLPHE, *mystérieusement.*

C'est une folle. (*Il va à la caisse.*)

BADÉGOUT, *stupéfait.*

Une folle !... une folle... c'est donc ça qu'elle a une singulière façon de me regarder !... ce que j'ai bien fait de mettre des favoris !... Si elle allait avoir une crise !... surveillée... c'est très joli !... mais, des gens comme ça on ne devrait pas les laisser sortir !... J'aurais dû m'en douter car une folle, seule, peut écrire des choses pareilles... je crois que le mieux est de reprendre le train au plus vite... je pourrais m'attirer une sale affaire !... je vais régler ma note !

ADOLPHE, *à Mme Carpette.*

Mon truc a pris !... il la croit folle... Il va s'en aller.

Mme CARPETTE

Alors, vous y tenez encore à votre femme

ADOLPHE

Moi ? pas du tout !.., seulement, vous comprenez... être plaqué, je m'en fous ! Etre cocu quand je ne le sais pas, je m'en fous aussi ! Mais que ça se passe devant moi ! Ah ! non alors !

Mme CARPETTE

Vous avez des principes, c'est bien !

BADÉGOUT

Garçon !

ADOLPHE

Monsieur ?

BADÉGOUT

Je vais vous régler !

ADOLPHE

Bien, monsieur. *(A Mme Carpette.)* Voulez-vous me donner la note de monsieur ?

Mme CARPETTE

Oui, je vais faire le compte !

Mme RAINFORT, *appelant.*

Garçon !

ADOLPHE, *allant à Mme Rainfort.*

Voilà, madame.

Mme RAINFORT, *bas à Adolphe.*

Dis donc, je crois que mon bonhomme me pose un lapin... il faut que je me rattrape... j'ai un plan...

ADOLPHE

Ah !

Mme RAINFORT

Oui, je vais tâcher d'avoir cette tête de cochon.

ADOLPHE

La tête de cochon !... je ne vois pas !

Mme RAINFORT

Quel crétin tu fais, mon pauvre vieux... je parle du client qui est là !

ADOLPHE

Ah !

Mme RAINFORT

Est-ce que tu le connais ?... il a du pognon ?

ADOLPHE

Du pognon ?

Mme RAINFORT

Oui de l'argent, quoi !

ADOLPHE

Mais vous ne pouvez pas penser à cet homme-là.

Mme RAINFORT

Pourquoi ?

ADOLPHE

Parce que c'est... c'est un fou. *(Il va à la caisse.)*

Mme RAINFORT, *stupéfaite.*

Un fou ! *(Elle regarde Badégout qui la regarde au même instant. Jeu de scène comique.*

ADOLPHE, *à Mme Carpette.*

Ça chauffe... ça chauffe... maintenant, je vais annoncer qu'on va fermer.

Mme CARPETTE

Attendez un peu que je finisse son compte.

ADOLPHE

Dépêchez-vous.

Mme RAINFORT, *à part.*

Un fou !... c'est un fou ! En voilà une déveine ! Aussi, qu'est-ce que je suis venue faire ici ! Faut-il que je sois bête pour croire aux boniments de ce bonhomme qui a envoyé son portrait ! Toutes ces annonces-là... c'est fait par des gens qui veulent se payer la tête des autres !... Zut ! je vais reprendre le train !

BADÉGOUT

Eh bien, et mon compte ?

ADOLPHE, *apportant la note.*

Voilà, monsieur.

BADÉGOUT

Quoi ? qu'est-ce que c'est que cela ?

ADOLPHE

C'est l'addition, monsieur.

BADÉGOUT

L'addition ? c'est une multiplication cette addition-là ! 14 fr. 75 ? vous vous fichez de moi.

ADOLPHE

Oh ! monsieur.

BADÉGOUT

Je vous ai demandé le repas à 1 fr. 50.

ADOLPHE

Oui, monsieur, mais le vin n'est pas compris, vous avez une bouteille de vieux bordeaux.

BADÉGOUT

Bon, je veux bien, mais ça ne fait toujours pas 14 fr. 75.

ADOLPHE

Monsieur a du thon... c'est en supplément!

BADÉGOUT

Bon ! encore ? fallait me prévenir ! et ça ?

ADOLPHE

Ça ? monsieur ? un franc, c'est le couvert !

BADÉGOUT

Comment ! le couvert.

ADOLPHE

Oui, monsieur, le couvert n'est pas compris, c'est en supplément.

BADÉGOUT, *furieux.*

Que le diable vous emporte ! je ne paierai jamais cela.

Mme CARPETTE, *descendant.*

Qu'est-ce que c'est, monsieur ? en voilà un scandale !

BADÉGOUT, *se levant.*

Madame, je suis exploité ignominieusement.

Mme RAINFORT, *se levant,*

Bon ! v'là le fou qui a une crise.

BADÉGOUT

Et je ne paierai pas ça !

ADOLPHE

Je vais aller chercher le commissaire de la gare.

BADÉGOUT

Je m'en fous !

Mme RAINFORT

Il devient furieux, je me sauve. *(Elle fait un pas vers la porte.)*

ADOLPHE, *l'arrêtant d'un geste.*

Madame, ayez l'obligeance de rester, vous serez témoin.

BADÉGOUT, *riant.*

Ah ! vous les choisissez bien vos témoins !... une folle !

Mme RAINFORT, *maintenue par Mme Carpette.*

Une folle ! il a dit une folle ! c'est vous qui êtes fou, et ça se voit bien !

BADÉGOUT, *maintenu par Adolphe.*

Ah ! heureusement que tout le monde vous connaît.

Mme RAINFORT

Moi ?

BADÉGOUT

Oui... oui, parfaitement... tout le monde sait que vous êtes folle !

ADOLPHE, *à part.*

Sapristi, ça se gâte.

Mme RAINFORT

Eh bien, il en a un toupet !

Mme CARPETTE, *retenant Mme Rainfort.*

Je vous en prie, madame, ne répondez pas!

Mme RAINFORT

Vous avez raison ! qu'est-ce que vous voulez faire entendre à un maboule ! vous ne voyez pas cette tête de salé, qui dit que je suis folle !

BADÉGOUT

Salé, elle m'appelle tête de salé !

ADOLPHE, *contenant Badégout.*

Monsieur... ne répondez pas !

Mme CARPETTE

Monsieur, vous feriez mieux de payer.

Mme Rainfort

Oui, qu'il casque d'abord !

Badégout

Jamais de la vie ! quatorze francs 75 !

Mme Carpette

Voyons, Adolphe, pour avoir la paix, diminuez les 75 centimes à monsieur.

Badégout

Les soixante quinze centimes ? vous n'attraperez pas la jaunisse à faire cette diminution !... jamais de la vie... les soixante-quinze centimes !... je les paierai ! mais pas les quatorze francs !

Mme Carpette

Enfin, Monsieur, on ne fait pas un scandale pareil dans un établissement bien tenu !

Badégout

Ah ! oui... il est propre... votre établissement !

Adolphe

En tous cas, Monsieur... on ne vient pas dans un établissement public avec une fausse barbe.

Tous*

Une fausse barbe !

Adolphe, *passant près de Mme Rainfort.*

Oui, il a une fausse barbe.

Mme Rainfort

Il a peur de la police !

Badégout

Dites ce que vous voudrez... ça m'est égal, je suis un honnête homme.

Mme Carpette

Je n'en sais rien ! moi... Monsieur... qui prouve que vous n'avez pas d'intérêt à vous cacher !

Badégout

Je me ferai reconnaître quand il le faudra !

Adolphe

Eh bien... enlevez de suite vos favoris.

Mme Carpette

Parfaitement... enlevez-les !

* *Mme Rainfort 1, Adolphe 2, Mme Carpette 3, Badégout 4.*

Badégout

Permettez... j'ai des raisons pour ne pas les enlever ici.

Mme Carpette

C'est bien ça, vous craignez la police !

Badégout

Moi ?

Adolphe

C'est probable !... Alors... enlevez !

Mme Rainfort, *sur l'air des lampions.*

Il l'enl'vr'a ! l'enl'vra pas !

Badégout, *faisant un pas vers Mme Rainfort.*

Après tout, ça m'est égal, puisque vous y tenez, voilà. *(Il les enlève et les jette sur la caisse.)*

Mme Carpette et Mme Rainfort

Ah ! *(Elles se trouvent mal toutes les deux. — Mme Rainfort tombe dans les bras d'Adolphe qui la fait asseoir sur une chaise à gauche, Mme Carpette tombe dans les bras de Badégout qui la fait asseoir sur une chaise à droite.)*

Adolphe

Allons, bon ! qu'est-ce que ça veut dire ! *(Ils leur tapent dans les mains et pendant ce qui suit absolument ahuris, ils leur font sentir tout ce qui est à leur portée sur la caisse, le poulet, jambon, etc.*

Badégout

Qu'est-ce qu'elles ont ?.. qu'est-ce qu'elles ont !

Adolphe

Parbleu ! la petite dame vous a reconnu pour l'homme qui lui a donné rendez-vous.

Badégout

C'est juste... je comprends... mais votre patronne ?

Adolphe

Oh ! c'est l'émotion... elle est très nerveuse. Et puis, vous savez, il y a des femmes qui ne peuvent pas voir une autre femme tourner de l'œil sans faire la même chose !

Badégout

C'est que ça n'a pas l'air d'aller mieux !

Mme Carpette et Mme Rainfort, *se levant, à Badégout.*

Cochon !

* *Mme Rainfort 1, Adolphe 2, Badégout 2, Mme Carpette.*

BADÉGOUT

Ça va mieux !

ADOLPHE

Oui !

Mme CARPETTE

Me reconnais-tu, Badégout ?

Mme RAINFORT

Hein ? elle l'appelle rat d'égoût ! elle est folle ?

Mme CARPETTE

Non, non ! *(A Badégout)* me reconnais-tu ?

BADÉGOUT

Oui et non .. je...

Mme CARPETTE

Tu ne reconnais pas celle qui fut mademoiselle Carpette, puis madame Badégout ?

TOUS

Bon ! sa femme ! *(Adolphe remonte vers la caisse. Madame Rainfort se laisse retomber sur la chaise.)*

BADÉGOUT

Comment !.. Ah ! dam... après dix ans !

Mme CARPETTE

Sois tranquille... je ne réclame rien !... C'est ainsi que tu fais des farces !

ADOLPHE *mettant les favoris qu'il a pris sur la caisse.*

Et avec cette fausse barbe encore !

Mme RAINFORT, *se levant.*

Ah ! Adolphe ! *(Adolphe reste stupéfait.)*

TOUS

Quoi ?

Mme RAINFORT

Je le reconnais avec les favoris ! C'est Adolphe ! mon mari.

TOUS

Son mari !

Mme RAINFORT

Mais oui, que j'ai plaqué il y a huit ans !

ADOLPHE

Sois tranquille... je ne réclame rien !

BADÉGOUT, *à Adolphe.*

Comment, la folle, c'est votre femme !

ADOLPHE

Oui, c'est ma femme... mais ce n'est pas une folle ; c'est à cause de cela que je vous ai monté un bateau à tous les deux.

Mme CARPETTE, *à Badégout.*

Alors, tu paies ta note ?

BADÉGOUT

Oui, et puisque tu es établie, je reste avec toi !

Mme CARPETTE

Mais, Adolphe ?

Mme RAINFORT

Pardine, il reviendra avec moi ! Il a l'air moins gniole qu'avant.

ADOLPHE

Merci, voici mon tablier. *(Il le donne à Badégout qui le met)* Vous savez, ça ne tient guère les retapages.

BADÉGOUT

Laisse-donc ! ça fait un petit repos dans le chemin de la vie.

ADOLPHE

Oui, vingt-cinq minutes d'arrêt !

UNE VOIX EN DEHORS, *un bruit de cloche.*

En voiture !

ADOLPHE et Mme RAINFORT

En voiture ! en voiture.

ENSEMBLE

AIR : *Refrain de Taraboum.*

Vingt-cinq minutes d'arrêt
Faut { rester au buffet / quitter le buffet }
Si vous êtes satisfaits
Notr' bonheur s'ra complet.

RIDEAU

Vannes. — Imp. LAFOLYE, 2, place des Lices. — 4073-1901.

AUTEURS	TITRES DES ŒUVRES	Hommes	Femmes	Prix nets	AUTEURS	TITRES DES ŒUVRES	Hommes	Femmes	Prix nets
F. Beauvallet.	Faites le jeu, Messieurs d	3	1	loc.	Moreau Boucherat	Médjidié (Le)	3	1	loc.
Moreau-Gramet	Famille Nitouche (La)	3	4	loc.	Gresset-Bernard	Méfiez-vous d'Oscar d	3	2	loc.
Lebreton-Moreau	Farces du Printemps (Les) d	6	4	loc.	E. André	Melon (Le) (monologue saynète)	1	»	2 »
St-Agnan Choler	Faut du prestige (vaud.) d	3	2	loc.	Moreau-Darsay.	Ménage Poire (Le)	2	2	loc.
Lebreton-Duroc	Faut que j'casse la g. à Baptiste d	5	3	loc.	Desormes.	Menu de Georgette (Le)	3	2	3 »
Flers	Femina d	troupe	»	loc.	Ch. Gabet	Mérite des femmes (Le) d	4	4	loc.
Ch. Gabet	Femme de Valentino (La) d	2	2	loc.	Sondant-Moreau	Mimi Vadrouille	troupe	»	loc.
F. Chaudoir.	Fête à Claudine (La)	1	1	4 »	Lebreton-Moreau.	Miss Kissmy d	5	5	loc.
B. Duhem.	Fête à M. le Maire (La)	5	2	4 »	Beissier	Miss Million d	troupe	»	loc.
Dorfeuil-Bonvet	Fiancé des Nourrices (Le) d	4	5	loc.	Bessier-Moreau.	Môme aux Camélias (La) d	troupe	»	loc.
Javelot	Fiancés berrichons (Les)	1	1	3 »	Bessière-Ruffier	Môme aux grands yeux (La) d	»	6	loc.
Soulié	Fiancés du bonnet de coton (Les)	1	1	5 »	Chassaigne	Monsieur Auguste d	1	1	3 »
L. Vasseur	Fichue soirée	2	1	5 »	Garnier-Vallès	Monsieur ma belle mère	2	3	loc.
Brigliano-Talber	Fichue situation d	4	4	loc.	Lebreton-Moreau.	Monsieur Sans Gêne d	troupe	»	loc.
Laouville	Fièvre phylloxérique (La)	3	2	4 »	Blairat-Semillet	Mouche (La) d	5	7	loc.
Bertric	Fille du charpentier (La)	3	1	5 »	Moreau-Touzé	Mouche du Coche (La)	4	2	loc.
Lebreton-Moreau	Fille du marin (La) d	8	7	loc.	Joly	Myope et presbyte d	1	1	4 »
Bourel, Boydel, E. Berré	Filles de Corneville (Les)	4	7	loc.	Desormes	Nègre de la Porte St-Denis (Le)	3	3	3 »
Lebreton-Soudant	Filles de la Cantinière (Les) d	7	4	loc.	Dorfeuil-Moreau	Nez de Cyrano (Le) d	troupe	»	loc.
Lebreton-Moreau	Fils à Papa (Le) d	4	7	loc.	E. Lhuillier	Nez enchanté (Le)	1	1	3 »
Chaulieu et Bataille	Fils de M. Alphonse (Le) (vaud.) d	5	2	loc.	Lebreton-Blairat	Ninie la Rouquine d	5	3	loc.
Duroc-Mailfait	Five O'Clock de la Baronne	7	2	loc.	Herpin	Noce à Grospoulot (La)	5	7	loc.
Villebichot	Fleuriste et typographe	1	1	5 »	F. Barbier	Noce à Suzon (La)	1	1	4 »
Lebreton-Talber	Foire aux nichons (La) d	7	7	loc.	L. Collin	Noces d'or (Les)	2	1	5 »
Pradels-Quinel	Fosse aux ours (La)	4	4	loc.	Bouvet-Darantière	Nos bons touristes d	5	4	loc.
Lemonnier	Françoise les bas bleus d	troupe	»	loc.	Moreau-Gramet	Nos petites Chattes	3	3	loc.
Moreau-Soudant	Francs-tireurs de la mort (Les)	troupe		loc.	Dorfeuil-Guillemand-				
Lebreton-Beissier	Frangine (La) d	7	6	loc.	Duharnois	Nos pioupious d	6	4	loc.
Lévy-Merset	Fantrognon d	8	11	loc.	Lebreton-Moreau	Nos voisins d	6	6	loc.
Lebreton-Moreau	Frère de lait (Le)	1	2	4 »	V. Roger	Nourrice de Montfermeil (La)	2	3	6 »
Carin-Tomy	Friper's and Cᵒ d	5	9	loc.	Ch. Gabet	Nouvel Achille (Le) (vaud.) d	5	1	loc.
Lebreton-Moreau	Friquet d	9	7	loc.	Touzé Prud'homme	Nuit de Noces de Beauflanchet	6	4	loc.
Cieutat	Furet (Le)	»	1	4 »	Jacobi	Nuit du 15 octobre (La) d	3	1	6 »
Moreau-Touzé	Gai gai mariez-vous !	4	3	loc.	A. de Lorde	Old Nubian's Black !	1	2	loc.
Moreau-Darsay	Gaîtés du bastion (Les)	5	3	loc.	Dédé fils	Oncle et Neveu	3	»	3 »
Seraine	Garde champêtre de Corneville (Le)	1	»	1 »	Louis Bouvet	Oncle Maboulin (L')	4	4	loc.
Froyez-Colias	Grand Duc Moleskine (Le) d	6	6	loc.	Barc-Sonal-Grében	On demande des jolies femmes	6	11	loc.
Lefort	Grand papa de la chanson (Le) d	1	1	3 »	Bessière-Ruffier	Ordonnance Bezuchet (L')	2	2	loc.
Lebreton-Blairat	Grenouille (La) d	4	2	loc.	Berthelot-Roland	Othello chez Thaïs d	4	10	loc.
Hervo-Merki	Grève des Boulangers (La)	5	»	1 »	Pacra Emmecé	Où est le père	8	4	loc.
Moreau-Marcus	Grève des facteurs (La)	2	2	loc.	Dufils	Paille et la Poutre (La)	»	2	6 »
M.-Brisac	Guerre aux hommes (La) d	6	7	loc.	Billemont	Pantalon de Casimir (Le)	1	1	6 »
Lebreton-Nicolaïe	Gueule d'Or d	6	6	loc.	A. Petit	Par autorité de Justice d	7	9	loc.
Lebreton-Moreau	Héritière des Carapattas (L') d	8	8	loc.	Dorfeuil-Moreau	Paris aux Courses d	troupe	»	loc.
Villebichot	Hirondelles de la rue (Les)	»	2	3 »	F. Barbier	Par la fenêtre	1	1	4 »
Lebreton-Blairat	Homme pâle (L') d	4	2	loc.	Lambert-Lebreton	Par la Gymnastique d	2	2	loc.
Lebreton-Duroc	Hôtel d'Artistes d	troupe	»	loc.	Henry Moreau	Partie de Campagne d	troupe	»	loc.
Lebreton-Duroc	Hôtel de Noblepanne d	4	4	loc.	Ed. Lhuillier	Pasquinette	1	1	3 »
Darantière et Bouvet	Hôtel du lac bleu (L') d	7	6	loc.	Bénédite-Jaucourt	Le pays Vierge d	8	4	loc.
Bourel-Bertel-Jest	Hôtel modèle d	7	7	loc.	Moreau-Darsay	Pension Carabin (La)	5	4	loc.
Autigeon-Dourel	Hypnotiseur malgré lui (L') d	3	2	loc.	Albert Lambert	Père Suroit (Le) d	3	1	loc.
Moniot	Jacotte	1	1	5 »	Offenbach-Roques	Péri-Colle (Parodie de Périchole)	2	1	2 50
Liger-Aubrun	J'ai perdu Virginie	3	1	loc.	Perrault-Maty	Perruche de ma femme (La) d	4	3	loc.
Nargeot	Jeanne, Jeannette et Jeanneton d	2	3	8 »	Tréblat St-Cyr	Personne (drame en 5 minutes)	2	1	1 »
Michiels	Jefque et Trinne	1	1	4 »	L. Collin	Petit Spahi (Le)	3	3	5 »
Lebreton-Soudant	J'épouse ma bonne d	5	4	loc.	Lebreton-Moreau	Petite baronne (La) d	6	9	loc.
A. Perronnet	Je reviens de Compiègne	»	1	4 »	Linas	P'tite bête vit encore (La) d	1	1	4 »
Yvel	Jeune homme du Tunnel (Le) d	3	3	loc.	Lebreton-Moreau	Petite colonelle (La) d	7	3	loc.
Bernicat	Jeunesse de Béranger (La)	3	1	6 »	id.	Petites Menichons (Les) d	troupe	»	loc.
Lebreton-Moreau	Jocrisses du mariage (Les) d	troupe	»	loc.	A. Petit	Petits lapins (Les) d	4	9	loc.
B. Lebreton	Joies du divorce (Les) d	troupe	»	loc.	Maurey et Jimbu	Petits Trottins (Les) d	5	6	loc.
L. Collin	Journée aux soufflets (La)	1	1	4 »	Lebreton-Moreau	Petits Zouzous (Les)	troupe	»	loc.
François-Derys	Jules d	1	1	loc.	J. Clérice	Phrynette d	5	9	loc.
Herpin	Ki-Ki-Ri-Ki d	troupe	»	loc.	André	Picotin (Le)	1	2	loc.
Soudant	Lâchée	5	1	loc.	Lebreton-Beissier	Piston de Clémentine (Le)	3	2	loc.
Desormes	Leçon de musique (La)	1	1	4 »	H. Alavoine	Plumechat et Cie d	4	6	loc.
J. Clérice	Léda d	troupe	»	loc.	F. Barbier	Points jaunes (Les)	1	1	5 »
A. de Lorde	Lettre (La) d	1	2	loc.	Desfossez-Piccolini	Pommes d'amour (Les)	6	4	loc.
Cazaneuve	Loi du pal (La) d	troupe	»	5 »	Cinoh-Verdellet	Pompier d'Endoume (Le)	troupe	»	loc.
Herpin	Lune de Miel (La) d	troupe	»	loc.	Gresset-Bernard-				
L. Péricaud et Villemer	Lune de Miel normande	1	1	1 »	Letorey.	Pompier d'Ernestine (Le) d	2	2	loc.
Moreau-Gramet	Ma Colonelle	2	2	loc.	Autigeon-Dourel	Poste restante 222 d	4	3	loc.
Clairville fils	Madame la baronne d	1	1	4 »	F. Barbier	Poupée automate (La)	1	1	5 »
Wachs	Madame le docteur	2	1	4 »	Fay	Pour qui le gosse ?	2	3	loc.
V. Roger	Mademoiselle Louloute	2	2	5 »	A. Lambert	Première brouille (La) comédie	»	1	1 »
Bessière-Marinier	Maire et Martyr d	3	2	loc.	Couturet	Premières amours d	4	1	loc.
Talexy	Maître Grelot	4	1	7 »	F. Barbier	Premières armes de Parny (Les)	1	3	5 »
Bouvet	Major Purjotin (Le)	4	3	loc.	Moreau	Professeur de chant (Le)	1	1	3 »
Moyne-Jacoutot	Mamzelle Claudinette d	3	2	loc.	De Ste-Croix	Pygmalion d	1	2	4 »
T'ar Nemo-Celval	Mamzelle Culot	troupe	»	loc.	Garnier-Héros	Queue du Diable (La) d	troupe	»	loc.
De Lajarte	Mam'zelle Pénélope d	3	1	7 »	Delilia-Héros	Qui va à la Chasse	2	2	loc.
François	Mandat (Le) d	7	3	loc.	L. Collin	Qui se dispute s'adore	1	1	3 »
Jouhaud	Mariages riches	1	1	3 »	Ch. Lecocq	Rajah de Mysore d	troupe	»	3 »
Moniot	Marianne et Jeannot d	1	2	8 »	Villebichot	Réponse du Berger (La)	1	1	4 »
Tollet-Frot	Marié sans l'être	4	»	3 »	Moche	Retour de Colombine (Le)	2	1	4 »
Moreau-Duroc	Maris jaloux (Les)	5	2	loc.	Jacoutot	Retour de Kerdrec (Le)	2	1	4 »
Simiot	Mariés de Nanterre (Les)	1	2	4 »	Meugé	Retour de Margotte (Le)	1	1	4 »
Beissier-Sciama	Mars et Vénus	3	2	loc.	L. Collin	Retour de Musette (Le)	1	1	[illegible]

AUTEURS	TITRES DES ŒUVRES	Hommes	Femmes	Prix nets	AUTEURS	TITRES DES ŒUVRES	Hommes	Femmes	Prix nets
Autigeon-Bourel. .	Revanche de Verlaisant (La) d	5	2	loc.	J. Laurens . .	Un futur sur le gril.	2	1	4 »
Autigeon-Bourel-Roydel .	Revenants (Les) d.	3	3	loc	Ch. Malo . . .	Un gendre à poigne.	2	2	5 »
Lhuillier. . . .	Risette	»	1	1 »	Pericaud. . . .	Un hercule qui veut passe rouiller	2	1	4 »
Ch. Thony. . .	Robes et Manteaux d.	5	9	loc.	Cambillard. . .	Un mariage à la force du poignet	1	1	3 »
F. Chaudoir. .	Roi Ciaquette (Le) d.	3	3	6 »	Ch. Malo . . .	Un mariage au flageolet . .	1	1	4 »
Desormes . . .	Roland furieux.	3	1	5 »	Dauphin. . . .	Un mariage en Chine d. . . .	4	1	2 »
L. Desormes. . .	Romance impossible (La) .	2	»	2 »	F. Bernicat . .	Un mari à l'essai	1	1	4 »
Busnach	Rosière de Valentino (La) d.	2	3	loc.	Pericaud. . . .	Un mari en grande vitesse	3	1	4 »
Michiels	Rosière d'Interlaken (La). .	1	1	4 »	L. Collin. . . .	Un mauvais conscrit	2	»	4 »
Ch. Gabet. . . .	Ruy Black (v) d	[illegible]	6	loc.	Chassaigne. . .	Un 1er jour de ménage. . . .	1	1	4 »
Claments. . . .	Saint-Yvon (La) d.	2	1	5 »	F. Barbier . . .	Un souper chez Mlle Contat.	»	2	5 »
Ch. Lecocq . .	Sauvons la caisse d.	1	1	5 »	Bernicat. . . .	Une aventure de la Clairon .	2	2	6 »
Maltrat-Febvre-Bonnamy .	Septième Escouade (La) d. .	8	7	loc.	Lebreton-Blairat. .	Une Consultation d	4	3	loc.
R. Planquette .	Serment de Mme Grégoire (Le) .	1	1	8 »	Garnier-Vallès .	Une Corbeille de Noce. . . .	5	3	loc.
Lebreton-Soudant .	Serment du marin (Le) d . .	4	2	loc.	E. André. . . .	Une drôle de Marquise . .	2	1	3 »
Lebreton-Moreau .	Signe de Léda (Le) d. . . .	8	8	loc.	Claments . . .	Une étoile d'antichambre d .	2	1	5 »
Ouvier.	Simone et Boquillon. . . .	2	1	5 »	Jouhaud . . .	Une femme du quart de monde	2	1	4 »
Lebreton-Duroc .	Soir de Noce d.	4	4	5 »	Villebichot. . .	Une femme qui bégaie d . .	3	2	5 »
Maltrait.	Soirée bourgeoise.	2	2	loc.	L. Roques. . . .	Une femme tombée du Ciel	1	1	5 »
Leserre.	Soirée d'amateurs. . . pochade	5	»	1 »	Villebichot. . .	Une fille à trucs	3	1	4 »
Lebreton-Moreau . . .	Soldat !	5	5	loc.	Jouvillé . . .	Une fille en loterie	2	1	4 »
Bernard-Gresset	Souffleur par amour d. . .	3	1	loc.	Touzé-Monjardin	Une intrigue chez les Mouchamiel	2	1	loc.
Meyan	Soupirs du cœur.	3	2	5 »	Desormes. . . .	Une lune de miel normande	1	1	4 »
Ch. Malo. . . .	Souviens-toi de Clémentine .	2	1	4 »	L. Collin. . . .	Une mariée sans mari . . .	1	1	4 »
Moreau-Darsay	Spiritisme des Familles . . .	4	4	loc.	Ed. Lhuillier. .	Une marine à la vapeur . .	1	1	3 »
Tac-Coen. . . .	Suzette, Suzanne et Suzon .	1	3	loc.	Desormes . . .	Une mauvaise connaissance	3	2	5 »
Wachs.	Tata chez Toto	2	1	4 »	Moreau-Darsay	Une mauvaise nuit	2	2	loc.
Lemoereur et Primard	Témoin (Le).	3	1	loc.	Moreau-Dorfeuil. .	Une nuit de Paris d	troupe	»	loc.
Lambert-Lebreton .	Terre-Neuve d.	3	5	loc	Ratem . . .	Une partie à Robinson . . .	2	2	4 »
Marc Sonal . .	Théophile.	2	1	loc.	L. Martin . . .	Une partie de pêche	5	4	loc.
Chassaigne. . .	Toc.	2	2	loc.	Wachs.	Une pleine eau à Chatou .	2	1	4 »
Hervé.	Toinette et son carabinier. .	2	1	5 »	Bernicat. . . .	Une poule mouillée	1	1	[illegible]
Bessier-de Gorsse. .	Tonton d.	3	3	6 »	De Paniagua. .	Une sale Histoire d	3	2	loc.
Wachs.	Totor et Titine	1	1	loc.	Chassaigne. . . .	Une table de café.	2	»	4 »
Hubans	Tour de Moulinet (Le) d. .	2	1	8 »	Robillard. . . .	Une tempête conjugale. . .	1	1	[illegible]
Cartier.	Train des Maris (Le)	2	2	4 »	Liger-Aubrun .	Urticaire (L')	4	1	loc.
Moreau-Duroc .	Tranquil'hôtel	5	4	4 »	R. Planquette	Valet de cœur (Le)	1	1	4 »
Moreau-Darsay .	Trente mille francs par an. .	2	2	loc.	J. Walter . . .	Végétariens (Les) d . . .	7	2	loc.
Lebreton-Moreau .	Treize jours d'un Parisien (Les) d.	troupe	»	loc.	Robillard. . . .	Vengeance de Ramolii (La).	2	1	4 »
id	Treizième spahis (Le) d. . .	troupe	»	loc.	L. Roques. . . .	Vénus infidèle (Retour de mars) d.	1	2	4 »
Ch. Gabet . . .	Trésor des Dames d.	2	1	loc.	Antigeon. . . .	Vie de garçon (La) d.	6	6	loc.
Lebreton-Moreau	Trio de troupiers d.	7	5	loc.	Lebreton-Moreau .	Vierges du chahut (Les) d. .	5	10	loc.
Lebreton-Teramond	Trois Gosses (Les).	4	4	loc.	Desgranges. . .	Vieux Sorcier (Le) d.	3	2	loc.
Lebreton-Moreau. .	Trois Maçons (Les) d. . .	4	2	loc.	Burani-Planquette.	Vingt-huit jours de Champignolette d. . .	6	4	loc.
Lambert-Lebreton .	Truc du Pharmacien (Le). .	4	1	loc.	Vallès-Talber.	Vingt-huit jours de Gorenflot (Les).	7	3	loc.
L. David. . . .	Tu l'as voulu d	3	1	6 »	Ratcée-Bordeaux	Vive la Classe d.	6	8	loc.
Héros-Jost . . .	Tzigane dans les Ménages (La) d	troupe	»	loc.	Normand-Vallès	Vive les Bleus.	7	4	loc.
Javelot . .	Un amour d'épicier.	2	1	4 »	Lebreton-Moreau.	Vocation d'Isoline (La) . . .	1	2	5 »
Cardet-Lannoy.	Un bon ami.	2	1	loc.	Jacobi	Voilà l'plaisir, mesdames . .	1	1	4 »
P. Henrion . .	Un charcutier dans les fers.	1	1	4 »	Ch. Hubans . .	Voiture à vendre d.	2	»	loc.
Chassaigne. . .	Un Coq en jupons	1	1	4 »	Lebreton-Moreau .	Volontaire de 92 (Le) d . . .	7	2	4 »
Banès	Un do malade	2	1	5 »	Tac-Coen . . .	Volontaire et vivandière. . .	1	1	4 »
Wachs.	Un domestique pour rire. .	1	1	4 »	P. Talber-Delattre	Volupté des dames (La). . .	4	3	loc.
Moreau-Gramet.	Un dragon pour deux. . . .	3	2	1 »	Guy-Nory-Marlas .	Zidore d.	6	7	loc.

Livrets d'opérettes et de vaudevilles, net : 1 franc.

POUR LES GRANDS OUVRAGES DU RÉPERTOIRE

CONSULTER LE CATALOGUE SPÉCIAL DES

OUVRAGES DE THÉATRE

QUI EST ENVOYÉ **FRANCO** SUR DEMANDE

MM. les Directeurs sont priés de s'adresser à l'Editeur pour le conducteur et les parties d'orchestre ainsi que pour le service des pièces nouvelles.

Des envois de livrets à choisir sont faits sur demande en port dû aller et retour.

Vannes. — Imp. Lafolye. — 4073-1901

www.ingramcontent.com/pod-product-compliance
Ingram Content Group UK Ltd.
Pitfield, Milton Keynes, MK11 3LW, UK
UKHW021028220726
13924UKWH00001B/177